UN
DÍA FELIZ

Por
RUTH KRAUSS
Ilustraciones de
MARC SIMONT
Traducido por María A. Fiol

La colección Harper Arco Iris ofrece una selección de los títulos más populares de nuestro catálogo.
Cada título ha sido cuidadosamente traducido al español para retener no sólo el significado
y estilo del texto original, sino la belleza del lenguaje. Otros títulos de la colección Harper Arco Iris son:

¡Aquí viene el que se poncha!/Kessler
Un árbol es hermoso/Udry • Simont
Buenas noches, Luna/Brown • Hurd
Ciudades de hormigas/Dorros
El conejito andarín/Brown • Hurd
El esqueleto dentro de ti/Balestrino • Kelley
Harold y el lápiz color morado/Johnson
Josefina y la colcha de retazos/Coerr • Degen
Mis cinco sentidos/Aliki
Pan y mermelada para Francisca/Hoban • Hoban
El señor Conejo y el hermoso regalo/Zolotow • Sendak
Si le das un panecillo a un alce/Numeroff • Bond
Si le das una galletita a un ratón/Numeroff • Bond
El último en tirarse es un miedoso/Kessler
Se venden gorras/Slobodkina

Esté al tanto de los nuevos libros Harper Arco Iris que publicaremos en el futuro.

Harper Arco Iris is a trademark of HarperCollins Publishers, Inc.

The Happy Day
Copyright, 1949, as to text, by Ruth Krauss.
Copyright, 1949, as to pictures, by Marc Simont.
Text copyright renewed 1977 by Ruth Krauss.
Illustrations copyright renewed 1977 by Marc Simont.
Translation by María A. Fiol.
Translation copyright © 1995 by HarperCollins Publishers.
Printed in Mexico.   All rights reserved.

Library of Congress Cataloging-in-Publication Data
Krauss, Ruth.
  [Happy day.   Spanish]
  Un día feliz / por Ruth Krauss ; ilustraciones de Marc Simont ;
traducido por María A. Fiol.
      p.   cm.
"Harper Arco Iris"
Summary: In the middle of the winter, different forest animals awake
and run sniffing through the trees, to discover a single flower growing
in the snow.
  ISBN 0-06-025450-5. — ISBN 0-06-443414-1 (pbk.)
  1. Forest animals—Juvenile fiction.   [1. Forest animals—Fiction.
2. Spanish language materials.]   I. Simont, Marc, ill.   II. Title.
[PZ76.3.K73   1995]   94-37256
[E]—dc20   CIP
                                                                        AC

4   5   6   7   8   9   10
❖
First Spanish Edition, 1995

UN
DÍA FELIZ

La nieve cae.

Los ratones del campo duermen.

Los osos duermen.

Los pequeños caracoles duermen
en sus conchas.

Las ardillas duermen en los árboles

y las marmotas duermen bajo tierra.

De repente, abren los ojos, olfatean.

Los ratones del campo olfatean.

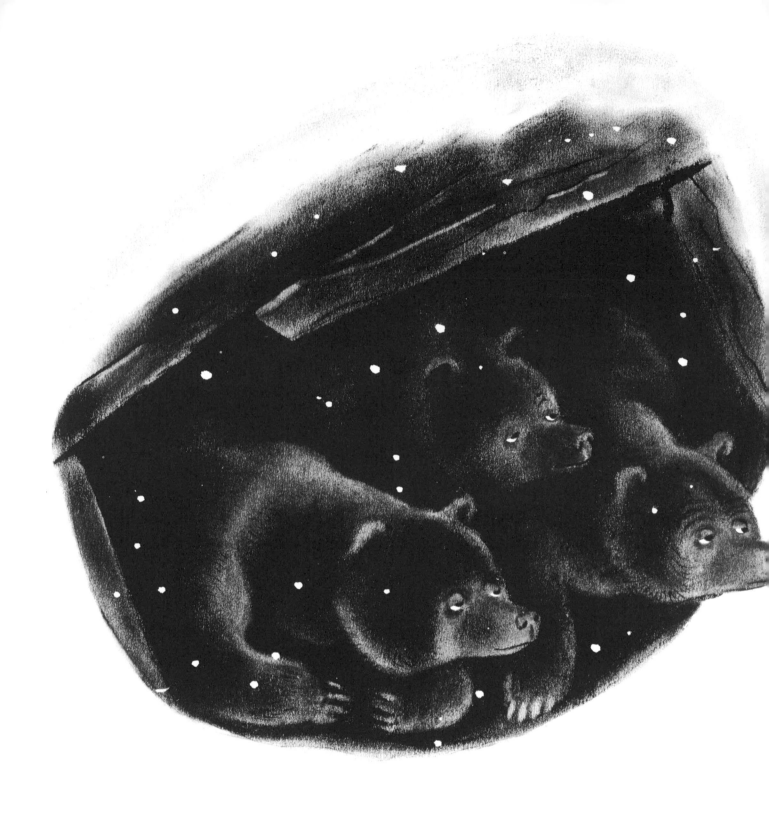

Los osos olfatean.

Los pequeños caracoles olfatean.

Y las ardillas, en los árboles, olfatean.

Las marmotas olfatean la tierra.

Todos olfatean. Todos corren.

Los ratones del campo corren.

Los osos corren.

Los pequeños caracoles se deslizan
rápidamente.

Las ardillas salen de los árboles y corren.

Las marmotas salen de la tierra y corren.

Todos olfatean. Todos corren.

Todos corren. Todos olfatean.

Olfatean, corren y se detienen.

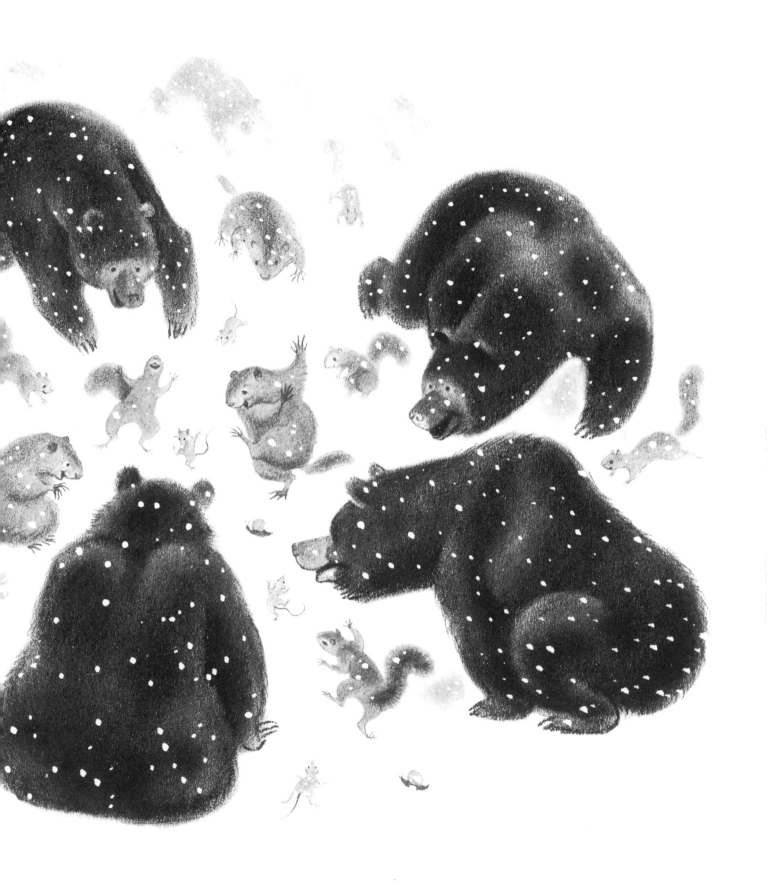

Se detienen. Se echan a reír.
Se ríen y bailan.

De repente, todos gritan:
—¡Oh! ¡Una flor! ¡Ha nacido una flor
en la nieve!